론다니머 포가나무

− 운촌, 850

# 토담 너머 포구나무

초판인쇄 | 2021년 12월 10일
초판발행 | 2021년 12월 15일

지 은 이 | 이소정
펴 낸 이 | 배재경
펴 낸 곳 | 배재도
등     록 | 도서출판 작가마을
주     소 | 2002년 8월 29일제 2002-000012호
          | 부산광역시 중구 대청로 141번길 15-1 대륙빌딩 301호
          T. 051248-4145, 2598  F. 051248-0723  E. seepoet@hanmail.net

ISBN 979-11-5606-185-4  03810  정가 10,000원

※ 본 도서는 2021년 부산광역시, 부산문화재단 지역문화예술특성화지원 '부산문화예술지원사업'으로
  지원을 받았습니다.

작가마을 시인선 51

# 토담너머 포구나무

– 운촌, 850

이소정 시집

도서출판 작가마을

## 운촌 이야기

　동백섬으로 들어가는 도로 북쪽으로 자리한 구름도 자연스럽게 쉬어가는 소담한 어촌, 운촌 마을의 유래가 있다.

　조선후기 마을출신이 과거시험을 보러 갔는데 갯가출신이라면 업신여김을 당할까 봐 해운대 운자를 따 운촌에서 왔다고 임기응변하였다. 당시 진사시에 장원급제한 성균 진사 김기원의 기지 발휘에 마을 이름이 '운촌'으로 불리게 되었다고 전해지는 설이 있다.

　운촌 마을은 현재 재개발 등으로 마을 사람들이 거의 떠났지만 동해남부선 폐선 옆에 경로당 마을회관이 자리하고 있어 만남의 소통공간으로 활용되고 있다. 경로당 옆 마을회관으로 올라가면 골매기할매 사당이 있다. 마을에서는 당산 신을 골매기할매라 칭하였다.

　유씨 할매는 마을이 처음 형성되기 전 홀로 살면서 마을을 일으켰다. 운촌 마을에서는 다른 곳과 달리 당산제를 모신다. 마을제사는 공동체로 10월초에 지낸다. 흩어져 살아도 마을 사람들의 안녕을 기원하는 마을 제사에 끈끈한 애향심을 보여주는 마음 따뜻한 운촌 마을 사람들이 있다.

　운촌 버스 정류소에서 동백섬 가는 지름길인 해간마을에 고층 아파트가 들어섰다. 경동과 한신아파트 사이 길이 끝나면 경동아파트 옆 둔덕에 어린이공원이 있고 공원 입구에 운촌 마을이라는 시비가 세워져 있다. 아파트가 들어서기 전에는 솔밭이었고 거릿대 당산이 있었다. 유씨 할매사당 흔적남기고 마을 사람들의 고향, 운촌 마을과 영원히 함께할 시비가 새겨져 있다.


### 운촌 마을

사람들은 저 멀리 있고 / 땅은 우리 앞에 있다

만월이 달빛 따라 / 푸른 바다로 건너가는

그리움이 있다 / 면사포 같은 파도를

자장가처럼 베고 자든 / 유년의 고향바다 불땅

척박한 땅 / 바다를 향한 채

피던 동백꽃 / 미역냄새 파래냄새

염분 잦은 갯바람 / 그 모진 생

바람으로 일어서고 / 바람으로 잠들던

그리운 갯마을 운촌 / 아득한 옛날

살붙이며 살아왔던 사람들 / 오늘 빈 가슴으로 무너져 내린다

머나먼 훗날 / 마음속에 가두어 두기 위해

돌아서서 눈을 감는다

2008년 8월 22일

시비는 이렇게 새겨져 있다.

유년기 시절과 청소년 시절 방학을 외가가 있는 운촌에서 많이 보냈다. 자연 그대로의 바다에서 해가 지는 노을을 보고 파도에 밀려오는 바다풀들을 보며 감성을 키웠던 것 같다.

아이러니하게도 지금은 아파트에 묻혔지만 아랫동네 큰 기와집은 외갓집이었고 도로변 윗동네 큰 기와집은 시가집이 되었다.

나는 지리멸렬한 운촌을 사랑한다. 작은 마을은 정이 뚝뚝 흘러넘쳤다. 운촌 사람들이 형제지간 같이 삼촌, 아즈버니, 형님, 동서 조카라 부르는 호칭에서 유달리 정감이 묻어났다. 나는 극성맞은 정 때문에 내 삶의 일부를 저당잡혔다. 아주 오래된 기억들이 짠하여 때론 망각하려고 애썼지만 토담 너머 포구나무번지는 아주 오래된 기억들이 늘 추억으로 머물렀다.

현재의 이야기가 아닌 오래된 이야기를 제대로 풀어내지 못하고 넋두리 하듯 웅얼거리다 끝까지 게을렀던 글쓰기는 쓸쓸하고 씁쓸하여 부끄럽다. 변명처럼 핑계 같지 않은 핑계로 운촌 이야기를 세상에 내놓는다.

2021년 늦가을

이소정

이소정 시집

작가마을 시인선 51

차례

**제2부**

# 이소정 시집

작
가
마
을
시
인
선
㉛

**차례**

## 제3부

이소정 시집

**차례**

# 01

# 뿌리

- 운촌, 850 1


현재와 과거가 처음처럼 뒤돌아보지 않고
도망쳐 순간을 살아간 시간들은
운촌을 떠나서 꽃이 떨어지는 것을 보았다
오랜 시간이 흘러도 본질들은
기억의 시간을 건너갔다
흙과 백의 그림자 거리가 길어졌다
대대로 살았던 본가를 떠나며
작은 문이 달린 천정 안에서
들추어진 가보가 오랜 행간 속에서
알지 못했던 탄성을 지르다
부풀어지고 찢어진 채 얼룩으로 얼룩져
후손들 얼굴이 화끈하고 가려웠다
선조들의 영혼은 의연하였고 뿌리 깊은 나무였다
검을 힘차게 내 빼듯 쓴 서슬 푸른 필체
물결치는 문장과 문장들은 읽을 수 없어
지느러미가 있다면 문장의 행간을 넘나들어
선조의 향기를 오롯이 가슴에 담는 일이다
며느리가 쓴 온유하면서 공경스런
부모님 전상서 여백은 침묵하게 한다
아무도 가지지도 못한 땅의 지도는

선명한데 땅따먹기 구슬을 굴렀는지
흑백을 도무지 모르는 상상은 안하기로 한다
또 행간에서 별자리가 떠돌았다
해독하기엔 자연적인 어떤 형상이 경이롭다
생각보다 많은 상상력이 화선지 안에 넘실거렸고
숲은 페이지를 넘길 때마다 저 끝에서 아득하였다
두꺼운 무지를 짊어진 채 우리가 천천히
다가갈 수 있는 시간이 익숙해져야할 뿐이다
우리들의 뒷모습이 현재에 보이고
우리의 연약한 목소리는 다시 노래를 부르며
바람의 길을 걸어 갈 것이다
한 번도 만난 적이 없는 선조들은
내안의 고요를 경계너머로 마음을 두드렸다
말하지 않는 것처럼 문장으로 읽는 듯
몇 겹을 지나온
칼칼한 목소리가 말없이 빛났다

# 김진사

- 운촌, 850 2

1880년(고종17) 2월에
성균 진사시에 장원급제한 김기원은
승정원 우부승지 인도로 임금님께 나아갔다

일찍이 학업과 과업을 함께 연마한 김진사는
과거시험을 보러 가니 나는 북촌이네
남촌이네 하며 출신을 말하는데
갯가출신이라고 말하면 업신여길까 봐
임기응변으로 운촌 출신이라 말한 것이
해운대 동백섬 입구의 어촌마을이
운촌이라는 이름이 생긴 설이다

김해 김 씨 숭선전을 지키는 참봉, 안락서원
서악서원 향교 원장도 맡았다
동래 좌수영이 새로 부임하면 진사댁에
행차 행렬을 하였다
어촌마을 진사댁은 늘 북적거렸다

은진 송씨 부인은 어질고 후덕한 성품으로
곳간을 열어두고 풍족한 음식으로 나누었다니

선조들의 공덕으로 후손들이 복을 누린다

위엄과 덕망으로 70세 일기로 운촌 마을 뒷산 중턱
동북으로 등진 산등 북동 북쪽을 등진 봉대산 아래
안장 되었다

세월, 바람에 씻긴 비석은 말한다
비바람에도 꿋꿋하게 바람 길을 내었듯이
뿌리 내려진 뿌리를 북돋아야 한다
잊어져가는 작은 어촌 운촌 마을
열매로 매달아 본다

# 분홍 집

- 운촌, 850 3

단순하고 선명한 일기가 좌악 펼쳐진 대문 입구에 왕 벚꽃 두 그루가 서있다 봄이면 벚꽃 왕방울만 한 것이 축 늘어져 사람들 감탄사로 반긴다 대문을 들어서면 양 옆의 채마밭에는 파 양파 배추 마늘 등 계절로 나뉘어 온전한 농사의 땀방울로 거두어 들였다 또 통행금지가 있던 시절이라 가끔 귀가가 늦는 삼촌, 초인종 눌리기 민망하여 담을 넘었다 담벼락이 반질반질하고 손자국 자리는 짚기 좋게 패였다고 어머니는 담벽론을 재미있게 이야기한다

두 번째 대문 줄장미는 아치로 덩굴져 꽃숭어리가 해맑게 붉은 장미로 막 피어나는 소녀가 미소 짓는 것 같다 대문 입구에 묶인 복실이 꼬리를 흔들며 입 꼬리가 올라갔다 반가운 사람은 나뭇잎을 입에 물고 꼬리를 세차게 흔들었다 복실이 밥그릇을 넘나들며 새참을 쪼아 먹던 참새도 쪼르르 날다 앉는다 장독대 옆 무화과는 쩍 벌어져 늘어졌고 새콤 달콤 석류도 알알이 박혀 함박 웃는다

뒤뜰 빽빽한 대나무 울타리 너머로 동해남부선이 지나갔다 뒷마당에는 큰 감나무 두 그루 아래 평상에 누워 감 떨어지기를 기다리는 듯 누워 땀도 식힌다 감이 익으면 까치가 젤 먼저 먹고 서리가 내릴 때까지 쪼아 먹었다 마당에 널린 빨래가 바람에 잘 마르는 한나절 분홍집 앞마

당 색깔의 여백은 넓은 화단에 큰 나무 작은 나무속에 앵두가 발갛다 분꽃, 봉숭아, 채송화 화단 주변에 즐비하고 기름진 땅속에서 드러내는 비밀, 익숙하면서 낯선 손가락만한 지렁이 화단 지킴이로 꿈틀거렸다 초여름 아리한 핏물을 찧어 봉숭아 잎으로 손가락에  싸매던 꽃물이 다음 해까지 손톱에 희미한 추억을 남겼다

끝없이 자라나는 나뭇가지를 전지하며 그 모든 시간들은 사계로 꽃피고 상록으로 푸름을 피우는 화단 봄꽃, 여름 꽃단풍이 어우러지는 분홍 집 앞을 지나가는 발걸음들 기웃기웃 대문 앞에서 환하게 멈추었다 낙엽이 지는 앞 뒷마당은 바람이 몰았던 흔적이 어수선하여 아침에 쓸었고 해거름에도 쓸었다 큰 호랑이 발톱나무에 성탄트리가 반짝반짝 분홍 집을 밝힐 때 쯤 새알 빚어 동지팥죽을 먹으며 또 새해를 맞이하며 삼대가 살았던 분홍 집, 바람은 나무를 흔들었다 잊을 수 없는 분홍 집은 까마득히 이미 아주 오래전에 먼 기억으로 저물었다

# 당산 할매

－운촌, 850  4


바람이 불었다
휘청휘청 쓰러지는 된바람
선조 대대로 살아온 오래된 집
한 세대는 지키려고 힘들었고
다음 세대는 지키지 못해 힘들었다
뭔가 잃어버린 것은
사무치게 애달프게 찾아도
바다의 파도처럼 물거품이 되었다
모든 것을 내려놓고
당산 할매 앞에 고(告)하였다
선조 대대로 살아온 김씨 가문이
오래된 집을 지키지 못하고
운촌 마을을 이제 떠나니
어디서든지 지켜달라고 고 하였다
그해 여름은 그렇게 지나갔고
지독하게 더운 바람만 불었다

# 당산 소나무

- 운촌, 850  5


쭉 뻗은 소나무 한 그루 당산에 서있다
마을회관 경로당을 끼고 돌계단을 올라가면
빛바랜 파란색 낮은 지붕 낮은 담,
담쟁이덩굴이 담을 엮는다

사당을 드리운 뒤편 담장을 넘나드는 아카시아
참나무 소나무들, 길게 뻗는 잡목들 흔들림 없는
고요를 사당 안에 내리고 있다

키 높은 소나무에게 세상의 흐름을 알려주는 듯
담쟁이 줄기 소나무 타고 잎들을 엮고 있다
좋은 일 어려운 일들 사당에 들어가 고告하고
빌었던 그 옛날이 아련하다

1700년쯤에 건립된 운촌 당산,
쭉 뻗은 소나무 한 그루 당산 신령께
마음을 기리며 올려다본 하늘
경이롭게도 소나무 잎들이 꼬리를 말았다

# 뱅뱅

— 운촌, 850  6


앞마당 뒷마당을 비질하는 할머니
뒤따라 아장아장 걷는 어린 손자
꽃나무 잔가지 정리하는 할머니 옆에서
나무 잔가지 하나 주워든 손자
할머니 몰래 아장아장 뒤뜰로 갔다
한참 일하던 할머니 손자를 다급하게 찾다
뒤뜰에 오니
손자는 감나무 아래서 뱅뱅 돌고 있다
나뭇가지를 치켜들고 감을 따려고
감나무 아래서 아장아장 뱅뱅 돌았다
할머니 웃음이 절로 나온다
"누가 그래 감 따더노"
"엄마"
마구 뱅뱅거리는 모습이 귀엽고 기가 찼다는
어머니 감흥으로 한참 아이를 얼러가며
아침밥을 뱅뱅 돌리며 먹었다
나뭇가지를 들고 뱅뱅거리던 그 아이는
지금 두 아이의 어엿한 아버지가 되었다

# 미역 멧국

– 운촌, 850 7

끝물인 생미역은 어세다
미지근한 물에 소금을 넣고 빠락빠락
물거품 꽃이 피도록 문질러 떫은맛을
맑은 단물이 나도록 헹구어준다
자잘하게 썰어 된장 고추장을 넣고
어머니의 도톰한 손에 간이 배이도록
조물조물 무쳐 깨소금 참기름에 찬물
한 바가지 넣어서 휘휘 저으면
푸르게 퍼지는 바닷바람 향기가
나른한 봄 사월 입맛이 없을 때
미역 멧국에 따뜻한 밥을 돌돌 말면
입맛이 감치는 밥상이 된다
새댁이었을 때, 미역이 끝물일 때
어머님이 자주 만들어주던 미역 멧국
구수하고 상큼한 바다향이 어우러져
봄을 깨우는 우리 집 전령사였다

# 광대놀이

-운촌, 850 8

꽃이 피어도 꽃이 피었던 것이 아니었다

이미 내성이 생긴 꽃 이파리에 벌레가 꽃잎을 갉아 먹었다 내 눈빛에 문신이 새겨졌다 나의 아침은 동이 트지 않았다

길이 이어지지 않는 바람 갈피에서 계획도 없고 흔적도 없이 외줄을 타는 세월이 섬섬히 늑골사이로 지나갔다 심장이 녹아내리는 소리에도 나는 살고 싶었다 천둥소리가 요란하다

대문을 열고 시선을 거두고, 일상에서도 생각나지 않게 저 거친 비바람 속으로 놓아주고 싶었던 염치없었던 삶의 근원, 들꽃 한 포기에 세상을 바꾸는 느슨한 영혼의 깨달음은 순간순간 빛과 그림자로 한 문장이 뿌리를 내리고 있었다

# 2월 바람의 달

 - 운촌, 850  9


노랗게 우려진 생강 꽃차
봄비 품은 찻잔에 망울진 생강 꽃이
생강스레 피어났다

생강 향내를 품은 찻잔 속에
비바람에 다홍치마 얼룩진 며느리가
비바람 타고 내려오는 모습이 그려진다

고부관계가 예나 지금이나 그렇고 그런가
며느리 치맛자락 볼품없이
얼룩덜룩 지는 비는 자박자박 내렸다

딸을 데리고 내려오면 다홍치마가
예쁘게 나풀거리라고 바람만 불게 하였다는
영등할매 신은 까다롭고 어려운 신이다

생강스런 향기 짙은 꽃바람 속에 비가 내렸다

# 휠휠 타올라라

- 운촌, 850  10

지금은 내 마음으로만 기리지만, 어머님 살아생전에는
첫 새벽, 장독 귀에다 소지 종이 매달아 놓으시고 정화수
한 그릇 장독 위에 떠놓았다 바람의 신 2월 할만네를 모
시기 위해 촛불을 켜고 오곡밥 한 상 장독대에 잘 차리셨
다 2월은 모든 신들이 하늘에서 내려와 인간세상 사람들
을 점검하는 달이다

한해의 행복과 안녕을 기원하는 달이다 어머님은 집안
이 무탈하고 자식들이 좋은 기운을 받기 위해 소지 한 장
씩에 자식 이름을 호명하며 소지를 촛불에 붙여 타오르는
소지 바람 따라 두 손으로 이리저리 궁 글리며 휠휠 하늘
로 올라가도록 비손하며 소원을 빌었다 술술 잘 타올라가
야 그야말로 말 그대로 술술 풀린다고 믿었다

# 꽃샘바람

- 운촌, 850  11

보름 전후로 영등할매가 하늘로 올라간다 초하루에서
보름까지 아침마다 정화수를 떠놓고 두 손을 합장하였다
지금은 오랜 풍습이 되었지만 집안의 화, 복을 다스리고
몸을 조심하며 변덕스런 2월의 바람신을 맞이한다 운촌
마을 사람들은 2월 각 가정에서 음식과 떡을 해놓고 할만
네를 정성스럽게 잘 모셨다 어촌이라 풍요를 기원하는 풍
신이신 영등할매의 힘이 크게 작용하였다

마을사람들은 이때에 맛있게 만들었던 하얀 계피고물에
쑥 두텁떡을 해 먹었다 2월 할만네 떡은 이웃 어머니들이
모여 정성스럽게 빚었다 정화수도 잊혀져 가지만 넓은 마
루에서 떡을 빚는 어머니 모습들도 이젠 가물가물하지만
2월 꽃샘바람 속에서도 꽃을 피우는 자연은 변함없는 진
리를 품고 있다

# 가슴 아프게

– 운촌, 850  12

약주로 얼큰한 아버님
어깨를 들썩이며 18번 애창곡을 뽑는다
애창곡은 '가슴 아프게'였다
3절까지 그때그때 자유자재로 불렀다

노랫말은 따끔한 일침과 격려를 실어
살살 녹는 부드러움 속 노래에 묻힌
아버님 애환은 울기도 웃기도 하며
가슴 아프게 가슴 아프게 불렀다

아버님 떠난 세월이 십수 년 바뀌었고
어정 칠월 초닷새 날 기일을 맞이한다
언제나 하찮은 말이라도 남의 말을
끝까지 들어주며 배려를 잊지 않는 아버님

약주가 거나하신 날에 부르는
아버님 18번은 흥이 겨워도
가슴 아프게는 가슴 아프다

# 은행집

― 운촌, 850  13


집 마당과 뒤뜰에도
은행나무는 없다
우리 집을 은행집이라 부른다
더 오래된 사람들은
진사댁이라 불렀다

나는 은행집 며느리로 통한다

집 앞마당과 뒤뜰에는
암만 둘러보아도 은행나무는 없다

그래서 그랬다는 것을 나중에 알았다

선조님은 성균 진사이셨고
아버님은 은행을 다녀 붙여진 것이란 것을
나중에 알았다

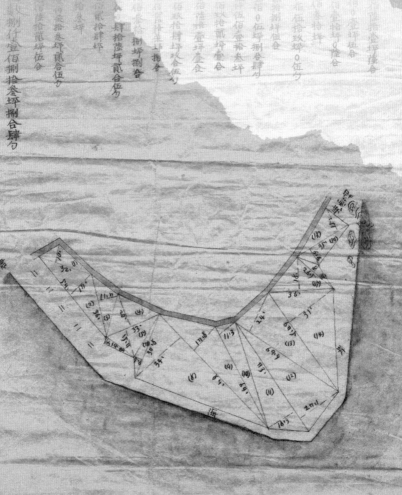

# 02

壹坪陸合

壹坪玖合

壹坪〇陸合

貳佰伍拾玖坪〇伍勺

貳佰捌坪〇伍勺

壹佰〇伍坪捌合肆勺

壹佰伍佰壹零参坪

參佰玖拾壹坪玖合伍勺

陸拾壹坪壹合

伍佰陸拾貳坪壹合

貳佰陸拾貳坪壹合伍勺

捌坪捌合

肆佰参拾參坪

捌拾陸坪貳合伍勺

伍拾貳拾坪

貳佰貳拾肆坪

壹佰陸拾参坪貳合伍勺

壹佰壹拾伍坪

取捌佰壹佰捌拾参坪捌合肆勺

# 포구나무

- 운촌, 850  14


흙과 세월이 켜켜이 쌓인 멈출 수 없는

가슴앓이도 숨겨진 비밀이다

토담너머 뿌리 깊은 포구나무
반백 년을 훌쩍 넘는 시 공간을

깊은 심연으로 서사시를 쓴다

포구나무 사이로 보름달이 뜨는 날

옹달샘은 촛불로 보름달을 밝히고

여러 갈래 뻗은 가지는 시간을 죽이며
껍질을 태우고 옹이를 키웠다

셀 수 없는 낡은 세월을 수거하듯

탄식처럼 떨어지는
나뭇잎이 뜨문뜨문 날아올랐다

# 물빛이 서늘하다

- 운촌, 850 15


운촌 뒷산 수국이 피었다는
소문 따라나섰더니 산 초입에서 둔덕으로
기어오르는 개구리들 비 소식을 전한다
흐린 하늘 속, 고즈넉하다
숨이 턱까지 차오르는 가파른 길에서
호흡을 다독이며 내리막길에 들어서자
숲길로 무리 지어 어우러진 수국나무들
흔들리지 않고 동그란 웃음만 머금었다
운촌 뒷산 수국들은 모두 남빛이다


꽃 이파리에 묻어둔 물빛이 서늘하다


아직은 풋풋하고 여린 나무들이
너무 많은 꽃들을 피웠으니
겁 없이 땅에 드러누운 꽃숭어리들
멋대로 튀어나온 꽃 봉우리들
응석이 한창이지만 꽃을 받친 푸른 잎사귀
날선 검처럼 시퍼렇다
햇살 속이었다면 바람은 꽃들을 안고
허공으로 자지러질 턴데,

숲은 울었던 흔적처럼 얼룩이진다

비속에 든 서늘한 어둠을 읽는다

# 안개 짙은 동백섬의 아침

　- 운촌, 850　16


하늘과 땅의 경계가 안개에 술렁인다
깎아내린 절벽, 해무에
검게 젖은 바다도 일렁인다
돌아갈 시간을 발견한 것처럼
새들도 낮게 날아간다
한 번도 부서져 본 적이 없는 것처럼
파도는 높아지는 순간 하얗게 부서진다
부서지는 물결 뒤에 맨살을
숨긴 허상들이 안개꽃으로 흩날렸다
숲으로부터 내뿜어 나오는 냉랭한 습기
어두운 바람을 타고 떨어지는 빗방울
우산을 펴거나 머리 위 두 손으로 가리고
운동을 하던 사람들 발걸음이 바빠진다
둘레 길은 잿빛에도 푸름이 가득하다


안개 비 내리는 숲의 익숙한 냄새가 정겹다
풀들이 반짝이며 눕는다

# 어머니의 낯선 길

　－ 운촌, 850　17


　장독대 담장을 타고 담쟁이덩굴이 기어오른다 안과 밖이 서로 통하듯 오지랖 넓은 장독은 푸근하다 장독은 나비가 되었다가 함초롬한 난초인가 하면 흐르는 문양이 되기도 한다 해마다 장맛은 집안의 살림살이를 가늠했다 정성을 들여 고추장, 된장, 간장을 담그며 햇볕 쨍쨍한 날 장독을 열어놓고 공기처럼 튀는 소리와 빛은 어머니의 성품이며 장이 맛있게 익어가고 있다는 묵언이었다 수십 년을 지켜온 장독대


　초여름 장독대 옆 머위 잎사귀에
　늙은 고요를 내려놓는다
　오래 견디어온 장독은
　어머니의 낯선 길을 내었다
　모든 침묵을 읽을 수 없는 대물림은
　칭칭 감기는
　사념의 물빛은 버짐 꽃으로 피어났다
　그해 여름 장마가 오래 계속 되었다

# 벽 속을 걸었다

― 운촌, 850  18


마른 꽃을 벽 속에 묻어버린 세월
모퉁이를 돌 때 예상한 비바람을 만났을 때
캄캄한 어둠에 꿈틀대는 불면증과 악몽을
등에 업고 마른 꽃 거꾸로 걸린 답답한 세상은
온통 막다른 길이었다
마른바람에 부딪히며 자라난 마른 잎
꼬투리가 터지 듯
불안한 발자국 소리 내며 벽 속을 걸었다
아물지 못한 소리마저 덧난 상처에 못질을 한다
시퍼런 핏물이 녹물로 슬었다
가끔 적막과 함께 되살아나는 깊은 밤
몸을 뒤척일 때마다 슬은 녹이 흘러내렸다
사람들 사이에서 벌어지는 협곡 깊숙한 모퉁이를 돌아
어둑해진 거리 비에 젖어
힘겹게 시달린 세월을 깨 닳았을 때
제대로 나를 사랑할 수 없었던 것을 깨 닳았을 때
달아날 수 없는 시간들은
거친 숨소리 쫓기 듯 텅 빈 방에서 그림자 되어
벽 속을 걸었다

# 푸른 안개

– 운촌, 850  19

빈껍데기 육신에

수묵화를 치며

달팽이 기어가듯

하얀 길들을 게워 냈다

깃털 없는 새가

비상하려 한다

뼛속 깊이 사무치는

비릿한 생이 얼룩덜룩하다

구겨진 그림자가 지워지고

푸른 청매화가 경이롭다

# 두껍아, 헌집 줄께 새집 다오

– 운촌, 850  20


세월에 씻긴 색 바랜 기왓장에
누런 치석들이
자리 잡은 나의 뒤뜰을 보았다


때죽나무에서 별똥이 떨어졌다
썩은 호박같이 허물거리는 잇몸
겁에 질린 시린 웃음이었다


별똥이 흘러갔다


바람이 휘휘 구강 틈새로 빠져 나갔다
세월은 문고리를 잡고 삐걱거렸고
입속은 아린 살집을 다독였다


얼굴을 가린 치아는 도깨비 뿔처럼
솟고 꽃잎도 삐딱하게 누워
밑도 끝도 없이 흔들거렸다

# 고동 국찜

– 운촌, 850 21

　녹조류 바닷말을 귀하게 구한 날은 어김없이 고사리며 숙주 얼갈이에 갖은 양념에 찹쌀가루를 풀어 손이 많이 가는 고동찜을 한 솥 끓였다

　운촌 사람들은 고동 찜에는 바닷말이 들어가야 찜다운 찜이라고 자찬한다 담 너머 이웃, 멀리 철둑 너머 어머니 지인들을 불러 뜨끈한 고동 찜으로 대동단결하는 마루에 봄 햇살마저 정겨웠다 맵싹이 고동, 따개비를 한 솥 삶아 알갱이를 까는 번거로움마저 어머니는 즐겁다

　어머니 고동 찜은 아주 일품이며 정갈하게 잘 끓이셨다 대 소사 때는 어김없이 명태 졸임과 찜은 빠지면 안 되는 특별식이다 어머니의 땀방울을 보며 맛있게 한 그릇씩 먹고 또 먹는 식탐을 부려도 탈이 나는 법이 없다 손이 많이 가는 고동찜은 여간 하기 어렵다 어머니는 재료가 풍족하면 행복해하셨다

　어머니께서 병세가 악화되어 식사도 제대로 할 수 없는 어느 날, 고등어 찜은 네가 한 것이 젤 맛나다며 먹고 싶어 했다

　어머니와 달리 젊은 나는 평소에 손쉬운 고등어로 쉽게 잘 끓였다 싱싱한 고등어를 삶아 체에 걸려서 방아를 넣어 정성을 다해 끓여드렸더니 어머니는 맛있게 드셨다 그

때는 그 말씀을 믿었는데 지금 어머니 나이가 되어 생각하니 고등어 찜을 할 것이 아니라 고동찜을 해드려야 하는데, 어머니는 고동찜은 과정이 힘들어 네게 미안스러워서 고등어로 표현하셨다는 것은 아닐까 하고 느낀 지금에사 후회스럽다

어머니가 돌아가신 이후 고동국찜, 고등어국찜 마저도 해먹어 본지가 오래다 그러나 봄날이 되면 국찜을 끓이느라 분주한 어머니 모습, 식어도 맛있는 고동 찜국을 먹던 그날이 자주 그립다

# 사막

- 운촌, 850  22

물이 출렁이며 달려오고 있다

모래는 별이 되어 쏟아진다
마음의 소리가 수많은 별꽃이 된다
나의 잠 속에 해맑은 별이 잠들었다

별을 끌어다 덮었다

꽃잎도 없는 풀잎이 사분거렸다

시간이 사각거리며 모래를 흘러내린다
어딘가 쉬어야 할 곳도 뜨거운 모래밭
답이 없는 답을 찾는다

춤추던 바람도 쉴 곳을 찾아
사막껍질을 벗겨가며 모래무늬를 짠다

# 청보리밭

- 운촌 850 23


가슴을 쓸어 내는 까칠한
묵은 고통
검푸른 소리를 듣는다
바람 물결 흔들며 건너온 푸름이
또 다른 푸름으로
오롯한 시간을 심호흡 한다
하얀 찔레꽃 따먹다
찔리는
반듯한 이마에
내려앉는 햇살 초록으로 깊은
푸른 영혼이다

# 달이 밝다

- 운촌 850  25


감나무 가지에 늘어진 풍요로움
장대 끝에 달이 밝다

우물 안에 달이 질펀하게 앉는다

속 빈 강정에도 걸리는 달이 밝다

오곡밥을 나눠먹다가
사람 사는 게
다
고만고만하다고

득음한 보름달이 환하다

토담너머,
포구나무

이소정 시집 · 작가마을 시인선 51

# 모죽

- 운촌, 850  26

기다림이 지루하고 제자리걸음일 때
모죽의 시간을 가져본다

모죽은 5년 후에 성장하는 대나무이다
처음에는 죽순만 키우다
5년 후가 되면 키가 60센티 이상씩 쑥쑥 자라
하늘 높은 줄 모르고 쭉쭉 빵빵 자란다
긴 시간 땅속에서
뿌리는 영양분을 빨아들이면서
여러 갈래로 단단한 뿌리를 내린다
묵묵히 자신의 때를 기다리고
기다리다 지금이다 싶으면 폭발적으로 자란다
대기만성형 같은 사람과 닮은 것 같다

서둘러 마음을 다치고 조바심 내는 것 보다
때가 되기를 기다리는
모죽의 시간을 가져보는 것도,

# 달팽이 촉수만 꿈뻑 거렸다

- 운촌, 850 27

　푸성귀 같은 푸른 새벽을 깨우고 바람을 날려 보낸다
　구멍이 숭숭 난 잎을 끌어안고 어머니는 텃밭에 쓰러져
달팽이 촉수만 꿈벅 거렸다 구멍이 숭숭 난 배추 잎사귀
사이로 빛이 새어 흘렀다 뿌리로 줄기로 잎과 잎 사이도
갉아 먹었다 태산목 같았던 순간들이 햇살이 반짝이듯 무
딘 걸음이 하얀 줄을 긋고 있다 젖어든 빗물도 고여 드는
웅덩이 빗물을 처연하게 맞았다 고여 드는 웅덩이 빗물도
붉은 바람만 만졌다 푸른 아침을 찾아가는 달팽이 한걸음
도 내딛지 못하고 더듬이 촉수만 꿈뻑 거렸다

# 쌀만 주면 우짜는기요

– 운촌, 850  28

쌀가마니가 가득한 방문을 여셨다 철없고 박복한 며느리 한마디, "어무이요 쌀만 주면 우짜는기요 반찬 사묵을 돈도 주어야지요" 당신은 며느리 볼멘소리가 짠한지 미소만 짓고 물끄러미 바라 보셨다 뒤란에 아침쌀도 씻어놓았고 나물도 잘 다듬어 씻어놓았으니 아침을 하라며 떠날 채비를 한다 "어무이예 아침도 안 드시고 어디 가십니꺼" 또 빙그레 웃으시며 "우리 집에 가야지" 하며 훌훌 떠나셨다

물이 철철 흘러넘치는 새미 옆에 파란 나물이 정갈하게 씻어져 있었다 살아생전에도 며느리 걱정, 먼 길 떠나시면서도 철없는 종부가 짠하신 어무이는 발길이 무거웠다 꿈인지 생시인지 분간하기 힘든 선연한 꿈이었다 새벽에 꿈에서 본 당신은 잔잔한 모습으로 숯으로 타는 내 쓰라린 가슴을 쓸어주었다 "내가 너에게 돈도 많이 남겨주면서 부탁해야하는 데 그렇지도 못 하면서 아버지를 부탁만 해서 미안타" 병석 중에서도 유언처럼 말씀하시더니 오늘 이렇게 꿈에서라도 곳간을 가득 채워주신 당신이 걸어온 길 따라가는 따뜻한 햇살이고 싶다

# 소나무 골목길

　　- 운촌, 850  29


좁은 골목과 같이 늙은 소나무들 뿌리가
땅 위로 얼기설기 뻗어난 골목길, 동백섬으로 가는
아랫동네에 비밀스런 골목이다
제대로 기지개 펼 수 없어도 침묵의 의식을
치루는 듯 허공을 찌르는
푸른 솔, 백년의 전설을 솔잎 문신만 찍었다
골목은 꾸벅거리며 허름한 낮잠도 잔다
골목은 낮은 집 창가에서 흘러나오는
종종 소화하지 못하는 대화를 엿듣기도 한다
차를 마시러 가거나 수다를 떨려고 허둥허둥
내려갔던 두부집도 떠났다 조금씩 사라지는
풍경들은 다 어디로 갔을까 아무도 묻지 않아도
도시계획에 사라진 바람의 끝을 낮달은 알고 있을까
솔잎 문신이 찍힌 허름한 바람마저 라디오 주파수를
엉클어 소리가 어긋나고 심한 잡음이 나던 날
집. 소나무들이 쓰러졌다
영물한 소나무도 술 한 잔에 잠들었다
골목 끝, 기억의 길이 다 닳기도 전에
집터도 천지분간 없이 허물어졌다
도시계획에 따라 흔적이 지워진 작은 마을

오랜 세월을 환산한 넓은 도로, 자동차 바퀴들이
로타리를 돌아 솔바람을 찍고 지나간다

# 겨울 산사

- 운촌, 850  30


손바닥으로 느껴지는 바람결
빈 공허감이 쓸쓸해
따사로움을 전할 수 없다

빗소리 풍경소리 새소리
바람소리 들으며 산사로 갔다
삼라만상이 때때로
변하기 때문에 괴로움이 있고
괴로움에 집착하다 보면
고가 생겨나고
원을 세우지 않아 아파진다

긴 돌계단 올라가서 아래 내려다본다
멀리 사람들이 걸어간다
층계를 하나. 둘 내려와 본다
층계에서 빗소리가 길을 잃는다
스님 염불 목탁소리가 바람을 탄다
빈 허공에 휘파람소리
베토벤 피아노 소리를 타고 있다

# 나뭇가지 지팡이

– 운촌, 850  31

꽃 더미 속으로 민욱이는 헤집고 다녔다 누나 민하는 내 손을 잡고 잠자리를 잡으러 허둥거리며 겨우 고추잠자리 몇 마리 잡고는 훨훨 날려 보내고 민하는 집에 가자고 했지만 민욱이는 열중이다 노랑나비 흰나비 작은 나비들까지 잡을 때까지 잡아보는 근성이 있다 어지간히 잡았는지 헤아려 보더니 많이 잡았다고 자랑하고 나비들을 훨훨 날려 보내는 손자손녀들 다시 자연으로 돌려보내야 된다고 어린이 집에서 배웠는지 사설 같은 설명을 하였다 집으로 가는 길에 갑자기 어질어질 하였다 후들거리며 겨우 발걸음을 뗐지만 기운이 빠졌다

"할머니가 다리에 힘이 없어 못가겠다" 하며 주저 앉았다 민하는 할머니를 붙들고 민욱이는 두리번거리며 주변을 살펴보더니 긴 나뭇가지를 주워가지고 왔다

"할머니 이 나무 지팡이로 짚고 걸어보세요" 힘도 없는 나뭇가지를 기특하게도 찾아왔다 쓸모없는 나뭇가지 지팡이지만 어째 저리도 생각이 깊은지, 감동에 힘을 입어 힘주면 부러질 것 같은 나뭇가지 지팡이를 짚는 흉내를 내며 아이들 보호로 집으로 오는 길이 그리 멀지 않았던 것 같다 "할머니 내가 지팡이 찾아서 참 다행 이지요?"

"손자, 손녀 덕분에 할머니가 힘들지 않구나" 손자는 할

머니를 구했다는 뿌듯함을 작은 어깨에 달고 총총 힘찬 발걸음으로 걸어갔다 끝까지 부축하며 내려온 민하 아이들이 어른이 되어 나뭇가지 지팡이를 기억하고 오래된 할머니 생각을 한번쯤 하고 할머니를 그리워하면 싶다

# 안개꽃

- 운촌, 850  32

청순한 백치미로 수다를 떨다가
침묵해질 때가 있다 마음이 헛헛한 여자
엉뚱함은 앞. 뒤도 안 보이 척,
마음을 툭툭 던지고 축축한 안개 뒤에
숨어 오리무중 일 때도 있다
토끼 굴을 따라간 앨리스처럼 다른 시간
공간들을 쫓아서 진정한 나를 찾아서
그녀는 어느 해 봄,
혼자만 가는 돌아올 수 없는 먼 길을
공기 중으로 망울져 멀리 가버렸다

어디쯤에 뿌연 거울 속으로 지나는
바람이 꽃 엽서를 떨구었다
눈썹이 하얗게 새도록 좋은날 손꼽아 기다린
연두 물빛 가슴이 또 다른 시간으로
햇살보다 눈부신 능금 같이 빛나는 딸아이
화촉을 밝히려고 은하수를 새벽같이 건너온,

안개꽃 한 아름 눈이 시린 6월이다

# 아침 선창가

- 운촌, 850  33


선창가 배들이 들어왔는지
새벽을 파는 소리가 요란하다
매가리가 주종을 이루는 여름날
뒷밭에 가서 호박잎 부추를 따
매가리 얼큰한 국을 끓인다
우물가 바닥에 은빛으로 퍼덕이는
씨알이 좋은 놈은 왕소금 털털 뿌려
달군 적 쇠에 구웠다
싱싱한 몸통을 비틀다 구워진 맛은
가시투성이라 입맛만 다시다 물어뜯는 맛이다
아침부터 삼치 회를 뜨던 늦가을
삼치의 물컹거리는 살점 한 점들은 느끼한
입 속에서 또 고소하고 담백한 삼치는
운촌 마을에서는 명절에 산적으로 손꼽는다
어촌마을은 어느 집이나 아침은 분주하다
선창가에 가서 잡어 생선을 구해
아침은 늘 신선한 밥상이었다

# 계란 후라이

- 운촌, 850 34

까마득한 시집살이 시절 저녁준비를 하다 시장기가 돌아 부엌에서 밥에 계란 후라이 하여 깍두기 국물에 한술 뜨는데 학교에 다녀온 시누이 언니 뭐 먹어요 한다 얼결에 계란을 밥밑에 숨기고 깍두기를 올려놓고 "밥 먹어 깍두기만 먹어도 맛있어 아가씨도 먹을래" 하니 나중에요 하며 "파전 부쳐먹어요" 하고 교복을 훌훌 벗고 텃밭에 잔파를 뽑았다 나는 묘하게 들킨 기분으로 허급지급 밥을 먹고 설거지하며 저녁을 지었다 세월이 흘러 그때 시누이가 고등학생이었는데 벌써 오십 줄에 들어섰다 지금도 그 시절에 내가 했던 행동이 몹시 부끄러웠다 계란 후라이 하나 해주면 되는데 왜 못해주고 계란을 숨겼을까 그때 너무 당황스럽고 새언니의 체통 때문이었을까 지금도 그 일을 밝히지 못하는 것은 너무 부끄러운 마음이 앞서 지금껏 말을 못했다 늘 가슴에 묻어져 죄의식으로 자리했다 그 후로 깍두기 국물에 계란을 넣어 비빈 적이 없다 이제 시누이에게 고백해도 좀 부끄럽지 않겠다

# 알라 안 놓을 랍니더

- 운촌, 850 35

 아기용품 챙겨 부인병원에 입원했다가 퇴원했다 양수를 일주일 전에 쏟고도 아직 멀었다는 원장님 말씀 다시 산기가 있어 보따리를 들고 입원했다가 퇴원하고 반복하였다가 일주일 만에 허리를 틀어대는 진통은 숨이 멎을 것 같고 눕지도 앉지도 못하고 서서 진통을 견뎌야했다 오늘은 아기가 태어 날 기미기가 보였다 그런 밤이 너무 견디기 힘들어 어무예 "나는 알라 안 놓을 랍니더" 시어머니께 말도 안 되는 투정을 부렸다 그리고 친정엄마를 불러달라고 말했더니 새벽에 달려왔다 시어머니는 어려워 제왕절개를 할 도움을 구하기 위해서 엄마를 불렀다 시간이 되니 원장님은 촉진제를 놓았다 놓자말자 나는 큰 홍수가 난 냇가를 목만 내놓고 동동 떠내려가 고함을 치고 난리가 났다 원장님 말씀하기를 세상에 아파도 소리 없이 젊잖더니 소리 지른다고 우스운 듯 웃으셨다 우여곡절 끝에 튼실한 일주일이나 지난 아이처럼 뽀쏭하고 뽀얀 아들을 순산했다 두 어른들은 서로 마주보고 말없는 걱정을 했단다 아이가 쌍꺼풀을 하고 나오니 쌍꺼풀눈을 가진 신생아를 보지 못해 혹시나 했단다 아무런 일없이 예쁜 눈을 가진 사내로 건강하게 잘 자랐고 인물이 듬직했다 나는 불룩한 배를 안고 알라 안놓랍니더 하는 놀림을 둘째를 가

질 때까지 놀림을 당하였다 배속에 아기가 곧 나올텐데도
진통이 심하여 말도 안되는 "알라 안놀랍니더" 하더니 1
남1녀를 두었다

# 해간마당

― 운촌, 850  36

해간마당 좌판에 양은 고무 다라이에
담긴 푸성귀, 비릿한 생선 해산물, 묵은 짠지가
여름 햇살 피하느라 물기 먹은 보자기 덮어져
해간 골목은 적막한 오후가 졸았다

해간마당 나른함을 깨우는 흥이 오른 목소리
'아지매 한 잔 하소' 하고 권하니
'아재도 한 잔' '홍이야 금이야'
흥이 높아지니  따르는 술잔 바쁘다

흥겨운 손뼉 장단, 고성방가 노래 소리
골목은 이미 취기로 세상 즐거운 시간이다
시끌벅적 고깃배가 들어온 선창가나 진배없다
어촌마을답게 선술집은 한집 건너, 또 한 집
낮부터 취한 주객들의 소리가 술에 취하고

해거름 저자거리도 빠르게 걸어왔다
마을 사람들 찬거리 사고 셈하면
덤으로 올린 손길도 아쉬워
정으로 덤을 다시 꾹꾹 눌러 담았다

사는 사람이나 파는 마음들이 더 풍성하다

세월은 가고 오는 것 숱한 애환 속에
사람 사는 냄새로 세월의 흐름으로
해간마당도 묵은 향기가 곰삭아
스며있는 골목길과 함께 한 소중한 시간
이 순간을 충만하게 느껴본다

# 콩 이파리

　- 운촌, 850　37


물에 말은 밥 한 숟가락 위에 콩잎
한 잎을 얹어 보니 어머니생각에 잠긴다

어머니는 아침이슬을 털어가며 콩잎
한 이파리씩 따다 그늘에 물기가
마르게 펼쳐 놓고 허리가 아파도 고독한
인내심을 한잎 두잎 따셨다

한 잎씩 차곡차곡 챙겨 두툼하면
실로 묶어서 콩잎을 장아찌만
박는 된장에 푹 질러 넣었다
마늘쫑, 무시짠지, 콩 이파리가 어머니의
정성으로 절여지며 곰삭아갔다
봄에 박은 콩잎은 여름이 되면 짙게
물들지 않아 푸르둥둥하여도 간이 맞게 배여
찬물로 말은 보리밥에 콩잎은 꿀맛이었다

일은 게을렀지만 지인들 불러서 어머니
밑반찬을 맛보게 하는 일은 부지런하였다
맛에 탄복하는 지인들에게 어머니는

콩잎 장아찌를 정성으로 나누었다

지인이 보내준 콩 이파리가 어머니의
공덕으로 다시 내게 돌아왔다
오래 묵은 생각을 곰씹어 보는 점심이다

# 토담너머,
## 포구나무

이소정 시집 · 작가마을 시인선 51

通狀

右謹狀事段 金海 崇善殿 甲申新僉之

本▢僉存之班 煙戶諸▢ ▢出負筆債▢

爲除減則 地部散在之班 亦依本郡規

各樣雜役 ▢▢▢▢ 居金 本是▢▢
▢▢▢ 店金 永爲除減之地

以通狀

之後孫也 依此除減 俾無後弊之地頉

是齊

大韓光▢[印]▢年壬寅三月 日

崇善殿參奉許 [手決]

副僉金彌善 [手決]

# 삭제된 오후

숲속을 들어서는 순간 수직과 수평으로 문이 열린다 나무와 나무 사이를 기억하는 발등이 새파랗게 빛났다 알고 싶었던 것이 다 닿을 수 없는 찰나에 매달려져 부풀어진 물방울이 떨어지는 소리를 들었다 순간 반란하듯 휘어진 나뭇가지 드높이 퍼지는 햇살 사이로 울음을 퍼덕이며 새들이 허공을 깨운다

여기가 아닌 다른 곳에서도 오후의 적막은 겹쳐지는지 말의 꼬리들이 이 나무에서 저 나무로 조용한 시간들이 퇴고 되어가고 있다 어제와 다른, 오월의 꽃잎 같은 문장들은 가볍다 쓸모없는 잎들을 지우며 오후를 읽어 내린다 여러 갈래 길들이 이어지는 말속에도 비늘이 파닥 거린다 자칫 하찮은 귀엣말도 저마다 바람이 몰고 온 색깔로 물들이다 삭제된 메시지라고 뜬다 손바닥에서 잎이 돋아났다 질문과 답변들이 난무하는 깨톡 방에서 짙어지는 숲을 본다

# 들꽃 무리

꽃은 달빛으로 피었다

통속적인 말들을 텅 빈 가슴에 찧는다

쉼표 하나를 다시 가슴에 심는다

들꽃 무리 아우성소리 노랗게 어우러져

노란 달빛 떨어져 내린 듯 오묘하다

마음 안 밖으로 바람 꽃봉우리

내 몸을 가르고 바람이 허공을 끌고 온다

고요하게 서 있고 싶은 나무

둥글고 환한 달빛 노랗게 떨어져

바람이 허공에 걸린다

# 노다지 창고

고서적에서 풍겨 나오는 오래된 향기로
보수동 헌책방 골목은 이어진다
각기 다른 책표지에서도 익숙한 이야기가 스며든다
포개어 쌓은 지식은 유물처럼 자리 잡아보지만
나른함이 기지개를 켜는 오후를 본다
좁은 골목 책방은 없는 것 빼놓고 다 있다
비밀들 찾아내는 노다지 창고이다
책갈피를 넘기며 밑줄 그어진 한 줄을
읽어내는 풍경들
어수선한 날 허기를 달래며 귀한 지식을 찾아서
신바람 달고 갈 수 있는 골목이 아련하다
책방 골목은 노다지를 찾는 사람들의 쉼터였고
보수동 길을 찾는 향기가 공존하는 곳이다

# 가짓빛에 잠든, 깊은 잠

  손가락 네 가락 위에 실을 감듯이 파란 털실을 내 마음 대로 감고 됐다. 싶을 때 싹둑 잘랐다 배려심이 조금은 있 는 짧은 길이다 자른 털실을 가위로 잘라 풀을 사용하여 만들고 싶은 모양을 붙여본다

  동그라미 속 가장자리에 소용돌이치는
잠재된 내면의 색깔들이 용솟음친다
꽃잎과 꽃잎사이에서 파문이 일었던
격한 움직임은 막 피어오르는 뜨거운 꽃이다
파란색 꽃잎을 발갛게 색칠한다
나를 알아차린 독특한 꽃이라고,
푸른 목덜미가 서늘하다

  눈을 뜨지 못한 내안의 어둠이 깊이 잠재된 색깔들을 깊 은 잠에서 잠으로 깨운다 그림을 설명하다 마음의 여유와 솔깃한 호기심이 속마음을 스스럼없이 알아차린 마음자 리는 또 다른 나를 다독인다

# 찰방인다

바람의 손을 붙들고
나르시즘에 빠진 붓도랑
뻔히 드러난 속내
차갑게 발등 밀치며
꽃물결이 찰방인다

뜨거워진 겨드랑 사이로
날개가 돋는,

개울가 버들가지
간지러움을 탄다

# 동백꽃

햇살을 유혹하고
살그머니 내미는 얼굴
수줍게도 붉다

허세를 부리지 않는 동백
열아홉 순정을 다 바친 듯

불꽃처럼 타 올랐다가
툭 하고 맑게 떨어지는
매운 절개

피멍이 눈부시게 빨갛다

# 바람났나, 봄

바람에 엉켜진 꽃가지 아래로
봄을 읽기도 전에
저기, 유채꽃향기까지 유혹한다

지나온 생애 차가운 침묵들이
벚꽃 아래서도 꽃물이 든다

허공에 뜬 꽃잎처럼 잡을 수 없는
화사한 틈 사이로
터지는 꽃망울

일장춘몽을 즈려밟고도
활짝 눈부시게 웃는 봄길

# 간혹 그리고 때론

때론, 바람의 결을 느껴보려고 바람의 거리를
떠나기도 한다 눅눅한 바람의 말들을 밀어 내치거나
멍 때리기 좋은 빗소리에 아득하고 깊어갔다

간혹, 텅 빈 채로 별빛이 쏟아지거나 보라, 연두
푸른색이 선명한 오로라 환한 빛이 내렸다

때론, 은하수 너머로 부친 편지글이 사막의
수많은 별빛으로 총총 박혀 떠돌았다

간혹 쉼 없이 달리는 협궤열차를 타고 달빛 부서지는 고
요한 밤 푸른 늑대 울음소리를 찾아 덜컹거리는 시린 바
람으로 떠나고 싶다가,
　때론 잡풀 우거진 풀 더미에서 풀벌레 울음소리 만년설
같은 구름 숨죽인 발걸음이 풀잎소리 기억하다 나무그늘
에 들어 바람의 길이를 재어보다가,

간혹, 때론, 마음이 시려 혼잣말 한다

# 까치놀

노을에 물들지 못한 수평선
희번덕이며 까치놀이 떨어진다
몸짓으로 우는 바다
시간의 무늬가 그려졌다
새로워지기 보다는
자꾸 멀어지는 것에 익숙한 침묵
낯설지 않는 환청에 소용돌이치며
오래된 글자들을 맞추며
퍼즐처럼 읽어 내려가는 까치놀

나는 오늘 동백섬의 섬이다

# 환한 웃음이 젖어간다

초여름 바람을 동반한 비가 억수로 퍼부었다
봄의 끝자락에서 바다를 보기 위한 약속은
비가 와도 끝까지 가야한다
약속된 시간이 지나고 보이지 않는 얼굴
끝없는 비바람에 함몰되어가고
옷은 이미 젖어 버린 지 오래다
생각은 꼬리를 물다 물큰하게 쓰러지고
첨벙거리는 빗물에 몇 마디 말들을 둥둥 내뱉는다
몇 마디 말들은 다시 비에 젖어
뒤돌아 보지도 않고 흘렀다
지금 몇 분만 빨리 와준다면 침묵 끝에
가장 환한 웃음으로 맞이할 것이다
어린 시절 갑작스레 퍼붓는 소낙비로 들에 나간
아버지가 걱정되어 폭우를 뚫고 아버지를 찾아
넓은 들녘을 뛰어가다 돌부리가 발에 걸려 넘어졌다
누가 내 발을 잡아끈다고 울었던 그때
천둥 번개 소리에 벌떡 일어나 혼비백산하여
집에 오니 아버지는 먼저 와 있었다
지금은 폭우를 뚫고 늦었지만 오고 있다는 사실이다
남루한 시간이 환한 웃음으로 젖어간다

# 수다를 털다

튀어 오르는 은멸치 떼를 본다
불빛으로 모이는 멸치 떼
수다 떠는 입들이 파닥 거린다
그물에 걸리기도 전에
은비늘들 불빛 속으로 파닥이며
아우성만 튀어 오른다
새가 되어 날고 싶다
만져지지 않는 허공에 지리멸렬한 시간들
날갯짓으로 느껴보고 싶다
파꽃처럼 부풀어진 웃음은

눈 속 깊어가는 맑은 슬픔을 닦아본다

# 버선코

밤나무 발치에
떨어진
가을은
붉은 날의 외출을 꿈꾸었다

가을빛 익은 열매 바람에 엉켜
신명나게 춤추던 버선발
피멍이
버선코에 붉게 번졌다

가을은 바람도 붉은 선혈이었다

# 바람꽃

눈물 속에 바다가 출렁 거렸다

꿈도 달빛에 잠기는데
바람꽃이 바람에 지고 있다

잡히지 않는 숨바꼭질 놀이
등 뒤에 숨겨둔 시간이 두렵다

사방에 가득 바다가 펼쳐지는 사이
거울 속에 갇힌 묵은 시간들
가뭇없이 사라진 다음 이라서
간이역은 기억을 내려 놓았다

# 푸른 초여름

심연 깊이 뿌리로 듣는
석류 꽃 하나  뚝 떨어졌다

습기 찬 밤기운 무섭게
비가 되고 노래가 된,

침묵 하나 뚝 떨어졌다

새파란 하늘이 아침부터 나무 끝에 걸린,

초여름이 생글 달콤하게 푸르다

# 이름을 부르면

언제나 밝게 환하게 웃는다
형제는 웃는 모습이 닮았다.
얍 하는 기합소리로 태권도를 할 때
지원이는 동생에게 똑바로 해 하며 호령하고
유준이는 웃으며 깐족이다 웃음기를 뺀다
형과 아우의 서열은 가르침 없어도
우열을 가린다
지원아 유준아 하고 이름을 열 번이고 불러도
"네" 하며 대답하고
입을 크게 벌리고 환하게 웃는다
눈까지 웃고 있어 보는 사람도 마음이 환해진다
형제는 웃는 모습도 닮았다

토담너머,
포구나무     이소정 시집 · 작가마을 시인선 51

# 소로우를 닮다

호박꽃으로 소박하게 꽃피우고 물가에 자리한 찻자리
빵 굽기를 즐겁게 한다는 그가 옥수수가 듬성듬성 박힌
호밀 빵을 내민다 수제 산야초를 우려내는 손길이 조금은
거칠어 보였다 자연으로 돌아가자는 단순한 생각으로 숲
속에 들어갔던 그가 멜빵바지에 챙이 넓은 밀짚모자를 쓰
고 마을 어귀까지 왔다 그는 건강하고 밝았다 차를 마시
며 잡다한 대화는 숲속에 살아보는 로망이며 낭만이었다
나무그루터기에 앉아 양손으로 물을 떠올려본다 손가락
사이로 빠져나가는 물 소금쟁이가 동그란 물살을 그리며
빠르게 유영한다 자연에 순응하고 따르면 친화력도 빠르
고 통찰력도 생겼다는 자연인이다 황토방을 내어주며 손
수 가꾼 신선한 샐러드에 열무비빔밥 청국장으로 차린 밥
상, 말이 필요 없는 엄지 척, 건강상 자연으로 돌아가자는
단순한 생각으로 숲속에 들어간 그의 덕분에 우리의 생각
까지도 무장해제 시킨 질문이 자연과 친화하는 빛 같은
하루를 황토방 널찍한 창문을 내다보는데 이미 대답이 되
었다

# 새벽, 물안개

물안개를 피우는 강은 침묵이다

둘레길 박석을 밟고 걷는다
바삭바삭 기분 좋은 소리가
심쿵하게도 가슴이 콩당 뛰었다

낙동강은 도도하게 흘렀다

바람개비는 강가 둔덕에서 갈피없이 돌았다

새벽은 고요함과 쓸쓸함이 평화롭다

깊은 곳으로부터 뒤척이며 스며들듯
흐르는 것에 익숙한 강물은 삼각주를 품었다

내 등짝을 훑는 바람소리에
휘감겨드는 마음을 읽고도
새벽은, 강가에 물안개만 피운다

# 5월에

가벼운 깃털로 나무와 나무사이로
햇살을 채색하다 톡톡 부리를 쪼는 새
고만고만한 향기를 뿜어
알레지 같은 가벼움을 턴다
푸나무 아래서 푸르러
서럽던 별리를 기억하였다
쓰다만 연서, 푸른 비명은
꽃가루처럼 풀숲에서 잃어버렸다
바람은 햇살처럼 나무와 나무를 애무한다
가녀린 숨결로 조금 일렁인 것뿐인데
오월을 흠모한 여자가 오월을 낳는다

# 바람을 몰고 바다로 간다

바닷속을 깊숙이 찔러보는 바람

하얀 꽃잎들은 부풀려 피우자마자
무수한 꽃잎들이 바스라 졌다

거듭 질문을 하여도 자꾸만 밀리는 질문

생의 매듭을 한번 짓지도 못하고
되풀이 되는 질문만 할 뿐이다

숨은 길을 알리며 재빠르게 숨는 바다 게
구멍 난 흔적은 허상의 길이다

쓸쓸한 오후를 읽는 너덜겅한 생

머물 사이도 없이 온몸으로 쏟아내는
생각들이 하얗게 부서지고 있다

# 수목원

수선화의 청초함에
사뿐히 내려앉는 시선
물방울처럼 가볍다

꽃잎 소리 나무 소리
잠시  귀 기울여보는 귀
꽃빛이 아득하다

물감을 사방에 풀었다
노란 꽃길에 향기가 나니 나비 날갯짓
둥둥 흘러서 날아오른다

세상보다 더 깊은
나무와 길에 선다

# 날갯짓도 없이

땅에 떨어져 몸짓하는 나비 떼의
요란한 춤사위를 본다

가로길 흩날리며 내리는 벗꽃
꽃눈이 뿌옇게 봄을 치장했다

수천 수 만 마리 꽃나비가 날갯짓도 없이
날마다 떨어져 죽었다

봄은 그렇게 떨어져 가고 있다
곪은 상처마다
날개가 파랗게 돋기 시작했다

# 멍 때리기

푸른 나무들이 넘실거리는 돌담길 따라
포플러 나무처럼 흔들리며 걷는다
이렇게 맑은 날 푸른 공원 숲에서
왜 까마귀가 우는 건가,
땡볕을 찢어버릴 듯 우는 매미는
여름의 영혼인가,
뭉개 둥실 떠있는 구름에게 말을 걸어본다
그늘의 그림자만 해바램 공원을 지켰다
마당은 습하고 이끼가 끼어 햇빛은
가득 차는데도 사람의 온기가 없어
벤치에도 곰팡이가 피었고 눅눅하고 습한 쉼터다
먹이를 찾아 줄지어 가는 일개미는 분주하다
또 다른 개미들이 스멀스멀 의자에 기어
수건으로 모질게 털고 죄의식도 털어 모른척한다
그네 시이소 미끄럼틀 땡볕 내리쬐는
놀이터에서 꼼짝없이 벌서고 있는 느낌이다
개미들을 벗 삼아 넉넉하고 쓸쓸한
고요를 품고 멍 때리기를 즐긴다

# 가랑비

가랑비가 숨죽여 파도를 타고

모래 숲속은 아득해지고

소식도 없이 떠나간 침묵한 얼굴
구름 사이로 내민 축축한 울음 낀 잔주름
한바탕 변명을 쏟아낼 듯
가랑가랑 기침소리만 적막하고

여럿 날이 어제처럼 오늘도 꾸역꾸역 걸어갔고

어제 써두었던 텅 빈 말을 읽었다

뭉툭한 목소리 질펀하게 토해내고

눈에 밟히던 시간들이 질척이며 온다

# 그냥,

너럭바위로 누운 와불 같은 흰돌
물살에 씻길 때
물 꽃잎 톡톡 터지게 염불한다
막막한 내 화두란 꼬투리를 잡고
산허리에 걸린다
물도 흘러간다
세월도 흘러간다
나도 흘러간다
그냥 흘려 보낸다

# 나를 떠나는 여행

일주문 천왕문 불이문을 지나
대웅전 법당에서 휑하니 뚫린 밖
푸른 하늘에 삼배를 올린다
멍 때리는 화두는 무상무념이었다
불문에 붙여진 닳아빠진
호미로 흙을 일구는 힘든 소리를 들었다
지키지 못한 지난 일들에게
미안한 말들을 들었다
약속시간에 매번 늦어
허둥대는 민망함을 보았다
시간은 나를 맞추느라고
시간이 늦었다 빨랐다 하였다
대웅전 법당에서 휑하니 뚫린
밖, 푸른 하늘에 삼배를 올린다
좌선을 한 채 멍 때리는 화두는 무상무념이다
눈을 감고 귀를 하늘에 댄다

# 여름 끝자락

낮술을 해서 그런지
점심을 거하게 먹어서 그런지
몸이 무겁고 만사가 귀찮아져
그늘로 가서 쉬어야겠다는 생각만
실은 어제 태풍 마이삭 지나갔기에
태풍이 지난 바다도 볼겸 마지막
여름 피서를 즐기려고 동해선 전철을
타고 일광해수욕장으로 왔다
한 여름처럼 햇볕이 뜨겁지 않았지만
막걸리 기운에 더운 것 같다
강가 옆 쌈지공원 정자를 찾는다
사람들이 쉬다 떠나고 쉬려고 오는데
우리는 집 툇마루인양 누웠다
파라솔로 몸통을 겨우 가리고 잠든 사이
사람들이 쉬고 떠나고 이야기꽃을
피우다 떠나고 하였다

# 꽃수레 까페에서

허물을 벗어가는 숲은 빈손으로
떠날 채비에 바쁘다 노란 잎
쓸쓸히 짙어지는 한나절
풍경 매단 은행나무들이 발 구름 한다
허브향기 가득 실은 꽃수레 카페
첫인상에 강렬하다 유럽풍 분위기에도
압도되지 않는 잘 말린 국화꽃 허세를 부려본다
과일 맛에 꽃향기까지 톡 쏘는 신맛이
강한 오후는 가을을 깊게 맛 들게 한다
혼잣말은 천천히 푸딩을 핥았다
날개를 좀처럼 접지 못하는 수다들
혓바닥에 햇살이 튀었다
차 한 잔의 여유와 예사롭지도 않는
오후가 수다로 둥글어진다

# 감겨드는 소리

재첩 국 사이 소
골목을 힘차게 깨우는 목소리
새벽은 양동이 속에서 뽀얗게 출렁거렸다
굵직한 재첩 국 한 냄비에
정구지 송송 썰어 띄운 아침은 화목한
둘레밥상에서 후룩 후루룩 비워졌다

사공 배 건너 오이소
두 손을 나팔 만들어
강마을 저쪽 사공을 부르는 소리
오일장 보고, 볼일 보고 늦은 시간에
건너 뱃사공 부르는 소리는 애절하고
애달프기도 하였다

지금은
이쪽 저쪽을 건너는 다리가 있어 사공도 볼 수 없다
야~ 하고 대답하는 사공 목소리도 들을 수 없다
새벽을 깨우는 재첩 아지매 목소리도 없다

숭어 떼 툭툭 튀어 오르는 강을 거슬러

연밭과 청 갈대, 개개비 울음소리도 강을 정화시키고
강마을 사람들의 희로애락을 너른 품에 안은 강
낙동강은 유구히 도도하게 흘러간다

물속 깊이만큼 많은 사연과 역사를 깨우며 흘러간다

# 가을을 읽다

우듬지에 묻은 기억들이 빛바랜 문장마다 깊어만 갔다
섧고도 부끄러운 삐걱이던 슬픔도 무게가 되어 아련한
시간의 빗장을 열었다 가물가물 위태롭게 흔들리는 한 생
의 흔적을 붉고 노란 물감으로 덧칠한다 천천히 흘러 산
허리를 휘돌아 감도는 운무를 본다 늦은 가을이 파편같이
쓸쓸함이 가을의 전설처럼 잘 익은 분화구를 열어 묵언으
로 수행하듯 늦은 가을이 뒷짐을 진다

# 소슬바람이 떴다

길 떠나는 낯선 이름이 있다
낯선 이름 속으로 가을이 묻어난다
이유 없는 눈빛에서도
가을 냄새가 난다
살아가는 날들이 바람에 떠도는데
무거운 짐들, 시간들을 묻어놓고
에스프레소 진한 향기에 빠져든다
멀리서 걸어오는 가을은 풍경이다
여객선 뱃고동 소리에도
가을이 묻어난다

# 가락동 국군묘지에서

태극 바람개비 사열하는 돌계단 너머
국군용사 충혼비 허공을 감도는
무심함을 깨우는
호로새가 적막하게 울었다

39인 침묵 속 묘비도 굳은 침묵한다

미어지는 어미 가슴에 잊은 듯 묻은 6월
어미 가슴 붉게 타들다 애간장 녹아내린 6월

낙동강 전투에서
못다 피운 꽃 봉우리
조국에 바치고 산화한
이름마저도 조국산천에 받친
무명용사들 넋
고이 잠든 채 말이 없다

# 오솔길

나뭇가지 끝에 내린 봄비, 툭하고
얼굴에 떨어진다

빗물이 고이지 않고 뿌옇게 내린다
희뿌연 봄 길을 따라가는 눈길
노랑, 남색 풀꽃들이 살금살금 봄비에 젖어 여린 잎들이
더 푸르고 앙증스럽다

나무의자에 내려앉는
성긴 가슴에 애틋한 지난 봄날이
안개비에 젖는다

# 북대암 가는 길

청솔 빛 가을 하늘이 바람처럼
햇살처럼 구름처럼 산이 되어
삐걱이던 아련한 시간의 빗장을 열었다

극락교를 지나 꼬불꼬불 한 고비를
앞만 보고 달려 오르는
북대암 가파른 급오르막 길
노랗다 못해 더 깊은 노란 빛깔이 온몸에 번진다

천천히 흘러가는 구름을 품에 안고
노란 가을을 읽으려니
아직 푸른빛이 도는 나뭇잎
수다로 울긋불긋 물들이고 있었다

# 여린 빛

아이가 인형을 안고 강가에 서 있다
멀리 집 한 채도 그려놓는 색연필
물의 시간 위로 떠다니는 그림자
엄마가 건너간 저 강가, 엄마가 다시 건너올까
제 안에 섬이 되어 울음으로 들어차 풀죽은
여린 빛이 짐짓 길을 잃었다
선잠을 깨듯 엄마를 기다리며 인형을 다독였다
그녀 마음 한구석에 인형을 안은 아이는
지금껏 오두마니 앉아 있었다
마음속에 웅크린 아이를 이제 보내도 되니
그동안 고생했다고 다독이며 내보내라고
처방전을 내렸다
아픈 기억을 지우고 머무르지 않고
흐르는 물결을 타는 파란바람으로
멀리 날려 보냈을까 궁금증은
강아지풀을 한번 흔들어본다

# 기억과 추억을 부르는 空間의 노래

송유미(시인)

# 기억과 추억을 부르는 空間의 노래
## — 이소정의 시세계

송유미(시인)

> 보다 더 따스한 풍경을
> 그대들에게서 꺼내 던지시라, 이 성숙한 풍경이
> 고향의 대기 속에서 빛나기까지.
> —R. M. 릴케 「오르페우스에게 부치는 소네트」

## 1. 내 안의 경계를 넘어가는 빛의 언어들은 아름답다

"이소정에 있어서 어둠은 환생을 위한 태반이다. 어둠 속에 다시 태어나는 빛의 이름은 아름답다."고 故 유병근 시인은 이소정 시인의 시집 『고요는 어둠 속에서 자란다』에서 정의한다. 이소정의 신간시집 『토담너머 포구나무 – 운촌 850』가 주재하는 것은 "잃어버린 시간 속을 거슬러 올라가는 기억의 금빛 지느러미가 눈부시다"고 하겠다. 그럴 것이다. 우리에게는 저마다 성장해온 유년의 '장소'가 있다. 그러나 그 공간은 시대의 흐름 속에서 '지금은 존재하지 않는 것'만이 존재하는 공간으로 변모해버리고야 만다. 현재에는 존재하지 않는, 상실해 버린 풍경은 상처다. 쓸쓸하게 마모된 기억과 추억 속 어딘가를 들추어야 겨우 희미하게 떠오르는 낡은 이미지로 남겨져 있을 뿐.

이런 시대에 우리가 상실해버린 심상(원초적 고향에의)을 복원하며 본디의 공간성을 회복해가고자 하는 시인이 이소정이다. 그의 『토담너머 포구나무』는, 부산의 해운대에 존재하는 '운촌'의 공간을 불변적인 시간성으로 형상화하는데 사력을 다한다. 그리하여 독자에게 다층적多層的 시간 속에 존재하는 '운촌'을 시로써 넌출이 뻗어나듯이 풍요롭게 경험케 한다.

현재와 과거가 처음처럼 뒤돌아보지 않고
도망쳐 순간을 살아간 시간들은
운촌을 떠나서 꽃이 떨어지는 것을 보았다
오랜 시간이 흘러도 본질들은
기억의 시간을 건너갔다
흙과 백의 그림자 거리가 길어졌다
대대로 살았던 본가를 떠나며
작은 문이 달린 천정 안에서
들추어진 가보가 오랜 행간 속에서
알지 못했던 탄성을 지르다
부풀어지고 찢어진 채 얼룩으로 얼룩져
후손들 얼굴이 화끈하고 가려웠다
선조들의 영혼은 의연하였고 뿌리 깊은 나무였다
검을 힘차게 내빼듯 쓴 서슬 푸른 필체
물결치는 문장과 문장들은 읽을 수 없어
지느러미가 있다면 문장의 행간을 넘나들어
선조의 향기를 오롯이 가슴에 담는 일이다
며느리가 쓴 온유하면서 공경스런

부모님 전상서 여백은 침묵하게 한다

아무도 가지지도 못한 땅의 지도는

선명한데 땅따먹기 구슬을 굴렸는지

흑백을 도무지 모르는 상상은 안하기로 한다

또 행간에서 별자리가 떠돌았다

해독하기엔 자연적인 어떤 형상이 경이롭다

생각보다 많은 상상력이 화선지 안에 넘실거렸고

숲은 페이지를 넘길 때마다 저 끝에서 아득하였다

두꺼운 무지를 짊어진 채 우리가 천천히

다가갈 수 있는 시간이 익숙해져야할 뿐이다

우리들의 뒷모습이 현재에 보이고

우리의 연약한 목소리는 다시 노래를 부르며

바람의 길을 걸어 갈 것이다

한 번도 만난 적이 없는 선조들은

내 안의 고요를 경계 너머로 마음을 두드렸다

말하지 않는 것처럼 문장으로 읽는 듯

몇 겹을 지나온

칼칼한 목소리가 말없이 빛났다

— 「뿌리」 중에서


서정적으로 축약하면, 이소정 시인의 이번 시집은, 현대가 잃어버린 공간을 기억과 추억(사라진 풍경)의 시로써 재활하여 성공시킨 시집. 참으로 의미 있는 일이다. 한 개인의 경험이 시적으로 형상화되는 과정에서 개인적 장소가 공동의 장소로서 기능하며, 작가 개인의 경험을 독자에게 환유적으로 공유케 한다는 것은 이소정 시집의 참된 덕목 중 하나이다.

『토담너머 포구나무』는 시가 흐르는 행간과 시간이 흐르는 행간 사이에 존재하는 신묘한 지점에 재 위치되어 있다. '문장의 행간을 넘나들'듯, 시간과 공간 사이에 존재하는 '운촌'의 풍경들과, 역사를 삶의 언어로 풀어내면서, 시인만의 독자적인 시 세계를 자유자재 보여준다는 점도 예사롭지 않다.

운촌은 옛 해운대 포구의 입구로 해운4경의 하나이다. 「운대귀범雲臺歸帆」에 의하면, "서복의 동남동녀 삼신산 찾으려다 구름 깊어 못다 찾고 공행으로 가는 배냐. 운대의 어옹들이 백범을 높이 달고 모운을 가득 실어 해운대로 돌아가니 운대귀범이 아니더냐" 노래한다. 운촌은 고운 선생이 자신의 호를 붙여 지은 해운대 입구의 촌락으로 경개가 좋아 수영팔경의 기관奇觀으로 불리던 곳이다.

그럼 「뿌리」를 살펴보자. "현재와 과거가 처음처럼 뒤돌아보지 않고 /도망쳐 순간을 살아간 시간들은 /운촌을 떠나서 꽃이 떨어지는 것을 보았다"라는 시구 앞에서, 사라져 가는 것들의 운명이 지닌 역린 같은 슬픔에 움찔하게 된다.

그렇다. 꽃이 떨어지는 것을 그 무엇으로도 막을 수는 없으리라. 무의식적으로 『토담너머 포구나무』의 페이지를 습관처럼 펼치면, 그렇게 저렇게 저문 꽃들이 "오랜 시간이 흘러도 본질들은/ 기억의 시간을 건너" 다시 꽃을 피워내는 "환상"에 흐드러지거나 나뒹굴게 된다.

## 2. 기억의 사진관에서 잃어버린 시간을 인화해 내다

필자는 이소정 시인의 『토담너머 포구나무』를 읽자마자 마치 급한 약속을 만나러 가는 이처럼 해운대의 오지, 시간의 잔해 같은 운촌雲村마을에 가보았다. 진실로 옛 풍경은 거의 남아 있지 않는 낯선 풍경들 속에서 시인의 아름다운 시구들이 뜨거운 안구 속을 자막처럼 흘러가고 있었다.

사실 운촌 마을 앞에 흐르는 수영만은 한 때 멸치 황금어장이어서, 멸치 철이면 운촌은 멸치 가공하는 마을 사람들의 손길로 분주했다. 검은 머릿결 같은 밤바다는 멸치 배가 밝힌 화광으로 빛나던 지역이었다. 그런 운촌 마을은 1982년 수영만이 매립된 이후 마을 일대가 개발되기 시작했다. 그리고 현재는 고층 아파트가 들어서면서 과거의 흔적은 거의 남아 있지 않게 된 것이다. 동해남부선 철길이 사라진 자리에 마을회관과 오래된 집 몇 채만이 옛 흔적을 기억하며 쓸쓸히 존재하고 있을 뿐.

이제는 거의 남아 있지 않은 풍경들이, 『토담너머 포구나무』 속에 하나의 공간으로 액자화 되어 있다. 내면의 풍경과 외부 풍경이 서정적인 정서로(연결하고 있는 초월적인 시적 언어로 빚은 장소들은 마치) 빛바랜 흑백사진을 인화해내는 기억의 사진관 같다. 이처럼 이소정 시인은, 삶의 기록이 축적 된 장소로서의 '운촌'을 그려내면서, 예의 세밀하고 정령한 시선으로 삶(역사)의 서정성을 잃지 않고 시간성의 본질을 통과해 내면서 형상화시킨다. 이는 참으로 가치 높은 시업이다. 시인이란 자신의 과거와 내면으로부터 끌어올린 사라지지 않은 기억을 시로 재창조해내는 탁월한 감각을 지니고 있는 존재가 아닌가. 어쩜 시란 직업도 '사라지고 없는'

풍경(시간)을 언어로 재생하는 일이 아니겠는가. 이소정 시인의 이러한 축복받은 '감각'은 요즘 현대 시인들에게 찾아보기 힘들기에, 더없이 귀하디 귀하다 하겠다.

토담너머 뿌리 깊은 포구나무
반백 년을 훌쩍 넘는 시 공간을

깊은 심연으로 서사시를 쓴다

－「포구나무」 중에서

이 시인은 시의 언어가 개념화하는 그 어떤 것에서도 자유로운 언어를 가지고, 운촌 마을을 "반백 년을 훌쩍 넘는 시 공간을 / 깊은 심연으로 서사시"로 엮어낸다. "토담 너머 뿌리 깊은 포구나무"와 같은 정서로 묵묵히 그려냄으로써, 시인만의 독특한 서사성으로 시 세계를 건축한다. 마치 한 그루 〈포구나무〉를 닮은 이소정의 시 세계… 그 세계는 존재했으나 지금은 존재하지 않는 시간을 경험케 함으로써 현대인이 상실해 버린 것을, 자연주의적 자세로 재귀再歸해 낸다. 신산한 삶에서 건져 올린 시인의 언어는 이윽고 사라지고 만 풍경들에 대한 애달픔으로 들끓는다. 하여 시인의 '깊은 심연'에서 써 내려간 극서정시는 사라진 풍경의 깊은 울림으로, 북소리처럼 시공에 가득 찬다.

## 3. 결코 잃어버릴 수 없는 당산나무와 같은 시편들이 삶을 위로한다

사라지는 것들은 삶(마음)의 벽지로 한사코 밀려나 버린다. 마음

(눈)에서 멀어지는 풍경들은 얼마나 또 많은 것인가. 사람조차 세월이 지나면 풍화되듯이 사라진다. 오래 남는 것은 지상에 어느 것 하나 없는데, 인간의 마음속에는 불변이 사리하고, 그 자리에는 천년의 당산나무나 당산나무 같은 예술품들이 우리의 잃어버린 영혼을 위로한다. 이소정의 시는 결코 잃어버릴 수 없는 당산나무와 같은 위로와 믿음과 사랑을 우리에게 선물한다.

바람이 불었다
휘청휘청 쓰러지는 된바람
선조대대로 살아온 오래된 집
한 세대는 지키려고 힘들었고
다음 세대는 지키지 못해 힘들었다
뭔가 잃어버린 것은
사무치게 애달프게 찾아도
바다의 파도처럼 물거품이 되었다
모든 것을 내려놓고
당산 할매 앞에 고告하였다
선조대대로 살아온 김씨 가문이
오래된 집을 지키지 못하고
운촌 마을을 이제 떠나니
어디서든지 지켜달라고 고하였다
그해 여름은 그렇게 지나갔고
지독하게 더운 바람만 불었다

– 「당산 할매」 전문

이소정의 시편들은 여름이 지나간 후 불어오는 "지독하게 더운 바람" 속에서 건져 올린 추억과 기억들이 파노라마처럼 물결친다. 그 기억은 "한 세대는 지키려고 힘들었고/ 다음 세대는 지키지 못해 힘들었"던 것이기에, 끝끝내 "오래된 집을 지키지 못"하고 떠나야 할 수밖에 없는 현대사회의 시간성(공간성) 앞에서 지난 시간을 시詩로 풀어내며, 지키지 못했던 것을 결국엔 환유해내는 집요함을 보여준다. 기억과 추억을 중요한 질료로 삼고 있는 시인의 시는 마지막까지 마을을 지키고 있다는 점에서, "어디서든지 지켜달라고" 고할 수 있는 당산 할매의 신격적인 역할과 동일하다 하겠다. "지독하게 더운 바람" 속에서도 결코 잃어버릴 수 없는 시간을 지키고 서 있다는 점이 말이다. 그것이 신과 내통하는 시인의 자격이기도 하리라.

그러므로, 이 시인의 시 세계를 관통하는 것은 지키고자 했던 것이 없어진 시대의 삶 속에서 부재 하는 것을 기억하고자 하는 의지. 이 시인은 이러한 의지를 원동력으로 지나간 풍경을 스냅숏snapshot처럼 언어로 찍어낸다. "뭔가 잃어버린 것은 /사무치게 애달프게 찾아도/바다의 파도처럼 물거품이 되"어 버리고 말지만 사라짐의 운명에 맞서며, 사투와 같은 정교한 언어로 풍경을 건져 올린다. 「분홍집」은 이러한 이소정 시인의 시의 특징을 대표적으로 보여주는 시편이다.

단순하고 선명한 일기가 쫘악 펼쳐진 대문 입구에 왕 벚꽃 두 그루가 서있다 봄이면 벚꽃 왕방울만 한 것이 축 늘어져 사람들 감탄사로 반긴다 대문을 들어서면 양 옆의 채마밭에는 파 양파 배추 마늘 등 계절로 나뉘어 온전한 농사의 땀방울로 거두어 들였다 또 통행금지가 있던 시절이라 가끔 귀가가 늦는 삼촌, 초인종 눌리기기 민망하여 담을 넘었다 담벼락이 반질반질하고 손자국 자리는 짚기 좋게 패였다고 어머니는 담벽론을 새미있게 이야기한다

두 번째 대문 줄 장미는 아치로 덩굴져 꽃숭어리가 해맑게 붉은 장미로 막 피어나는 소녀가 미소 짓는 것 같다 대문 입구에 묶인 복실이 꼬리를 흔들며 입 꼬리가 올라갔다 반가운 사람은 나뭇잎을 입에 물고 꼬리를 세차게 흔들었다 복실이 밥그릇을 넘나들며 새참을 쪼아 먹던 참새도 쪼르르 날다 앉는다 장독대 옆 무화과는 쩍 벌어져 늘어졌고 새콤 달콤 석류도 알알이 박혀 함박 웃는다

뒤뜰 빽빽한 대나무 울타리 너머로 동해남부선이 지나갔다 뒷마당에는 큰 감나무 두 그루 아래 평상에 누워 감 떨어지기를 기다리는 듯 누워 땀도 식힌다 감이 익으면 까치가 젤 먼저 먹고 서리가 내릴 때까지 쪼아 먹었다 마당에 널린 빨래가 바람에 잘 마르는 한나절 분홍집 앞마당은 색깔의 여백은 넓은 화단에 큰 나무 작은 나무 속에 앵두가 발갛다 분꽃 봉숭아 채송화 화단 주변에 즐비하고 기름진 땅속에서 드러내는 비밀, 익숙하면서 낯선 손가락만한 지렁이 화단지킴으로 꿈틀거렸다 초여름 아리한 핏물을 찧어 봉숭아 잎으로 손가락에 싸매던 꽃물이 다음해까지 손톱에 희미한 추억을 남겼다

끝없이 자라나는 나뭇가지를 전지하며 그 모든 시간들은 사계로 꽃피고 상록으로 푸름을 피우는 화단 봄꽃, 여름 꽃단풍이 어우러지는 분홍 집 앞을 지나가는 발걸음들 기웃기웃 대문 앞에서 환하게 멈추었다 낙엽이 지는 앞 뒷마당은 바람이 몰았던 흔적이 어수선하여 아침에 쓸었고 해거름에도 쓸었다 큰 호랑이 발톱나무에 성탄 트리가 반짝반짝 분홍 집을 밝힐 때 쯤 새알 빚어 동지팥죽을 먹으며 또 새해를 맞이하며 삼대가 살았던 분홍 집, 바람은 나무를 흔

들었다 잊을 수 없는 분홍 집은 까마득히 이미 아주 오래전에 먼 기
억으로 저물었다

－「분홍집」 전문


앞마당 뒷마당을 비질하는 할머니
뒤따라 아장아장 걷는 어린손자
꽃나무 잔가지 정리하는 할머니 옆에서
나무 잔가지 하나 주워든 손자
할머니 몰래 아장아장 뒤뜰로 갔다
한참 일하던 할머니 손자를 다급하게 찾다
뒤뜰에 오니
손자는 감나무 아래서 뱅뱅 돌고 있다
나뭇가지를 치켜들고 감을 따려고
감나무 아래서 아장아장 뱅뱅 돌았다
할머니 웃음이 절로 나온다
"누가 그래 감 따더노"
"엄마"
마구 뱅뱅거리는 모습이 귀엽고 기가 찼다는
어머니 감흥으로 한참 아이를 얼려가며
아침밥을 뱅뱅 돌리며 먹었다

－「뱅뱅」 중에서


보름 전후로 영동할매가 하늘로 올라간다 초하루에서 보름까지
아침마다 정화수를 떠놓고 두 손을 합장하였다 지금은 오랜 풍습이
되었지만 집안의 화, 복을 다스리고 몸을 조심하며 변덕스런 2월의

바람신을 맞이한다 운촌마을 사람들은 2월 각 가정에서 음식과 떡을 해놓고 할만네를 정성스럽게 잘 모셨다 어촌이라 풍요를 기원하는 풍신이신 영등할매의 힘이 크게 작용하였다

마을사람들은 이때에 맛있게 만들었던 하얀 계피고물에 쑥 두텁떡을 해 먹었다 2월 할만네 떡은 이웃 어머니들이 모여 정성스럽게 빚었다 정화수도 잊혀져 가지만 넓은 마루에서 떡을 빚는 어머니 모습들도 이젠 가물가물하지만 2월 꽃샘바람 속에서도 꽃을 피우는 자연은 변함없는 진리를 품고 있다

– 「꽃샘바람」 전문

이처럼 이소정의 향토적인 서정은 신성스럽고 정성스럽다. 이와 같은 빛나는 감수성을 지닌 시인이 안내하는 길로 따라가면 "단순하고 선명한 일기가 쫘악 펼쳐진 대문 입구"를 만나게 된다. 둥둥 하늘을 떠다니는 이미지를 떠올리는 '운촌'은 왕벚꽃나무가 축 늘어진 사람들을 감탄사로 반기는 곳이었다. 이제는 사라진 '운촌'의 옛 정경들은 문명화된 삶의 급박한 상황 속에서, 흑과 백의 대비처럼 차별화된 공간으로 탈바꿈되어 버렸다. 한 개인이 축적해온 공간에 대한 인상과 경험이 사실적인 묘사와 어울려져서, 흘러간 과거의 기록이 현재의 시간성을 딛고 시공간詩空間 속에서 존재감 있게 재현된다. 그 무렵은, "통행금지가 있던 시절이라 가끔 귀가가 늦은 삼촌"이 "초인종 눌리기"가 민망해 넘었던 담은 "반질반질하고 손자국 자리는 짚기 좋게 패"여진 채 삶의 향훈香薰이 담겨져 있다. 이 시인의 시 세계의 심연에는 이러한 어머니가 재미있게 이야기하는 '담벽론'이 인문화 되어 있다.

다시 되새겨 「분홍집」을 읽어본다. 그림처럼 그려내는 시적 상황 묘사들은 너무나 생생해 마치 눈앞의 정경을 바라보는 듯하다. "뒤뜰 빽빽한 대나무 울타리 너머로 동해남부선이 지나"가고, "마당에 널린 빨래가 바람에 잘 마르는 한나절 분홍집 앞마당"에는 큰 감나무에서 익은 감을 서리가 내릴 때까지 쪼아 먹고 있으며, "색깔의 여백은 넓은 화단에 큰 나무 작은 나무속에 앵두가 발강"게 익어가고 있다. 이처럼 이 시인의 감수성과 언어 미학이 펼쳐 보이는 시공간 속의 풍경은 이 시대의 변화 속에서도, 결코 사라지지 않는 불변의 이미지화되어 있다. 그 중 「뱅뱅」과 「꽃샘바람」역시 한 개인의 경험과 마을의 공통의 경험이 오롯이 시 속에 녹여 내고 있고, 이러한 상실된 풍경에의 서정성은 흔한 복제의 시대에서 결코 복제될 수 없는 영원한 "향수의 인문"으로 추천될 터다.

## 4. 이소정의 시의 우주宇宙, 그 '소나무 골목길'에서 어슬렁거리다

이번에는 이소정 시인의 시집 사문을 읽어보자. "나는 지리멸렬한 운촌을 사랑한다. 작은 마을은 정이 뚝뚝 흘러넘쳤다. 운촌 사람들은 형제지간 같이 삼촌. 아주버니. 형님. 동서, 조카라 부르는 호칭이 유달리 정감이 묻어났다. 나는 극성맞은 정 때문에 내 삶의 일부를 저당잡혔다. 아주 오래된 기억들이 짠하여 때론 망각하려고 애썼지만 토담 너머 포구나무번지는 아주 오래된 기억들이 늘 추억으로 머물렀다."라고 쓰고 있다. 즉, 지상에서 한 줄기 연기처럼 사라진 공간, 그 운촌을 향한 사랑에서 피어오르는 열망은, 그리하여 쓸쓸히 자취없이 사라진 '풍경'을 현존하는

'풍경'으로 시폭에 펼쳐 놓는다. 그것은 진한 체액을 삼킨 흙냄새
나는 '기억의 풍경'의 제유이자, '시간의 풍경'의 존재태….


좁은 골목과 같이 늙은 소나무들 뿌리가

땅 위로 얼기설기 뻗어난 골목길, 동백섬으로 가는

아랫동네에 비밀스런 골목이다

제대로 기지개 펼 수 없어도 침묵의 의식을

치루는 듯 허공을 찌르는

푸른 솔, 백년의 전설을 솔잎 문신만 찍었다

골목은 꾸벅거리며 허름한 낮잠도 잔다

골목은 낮은 집 창가에서 흘러나오는

종종 소화하지 못하는 대화를 엿듣기도 한다

차를 마시러 가거나 수다를 떨려고 허둥허둥

내려갔던 두부집도 떠났다 조금씩 사라지는

풍경들은 다 어디로 갔을까 아무도 묻지 않아도

도시계획에 사라진 바람의 끝을 낮달은 알고 있을까

솔잎 문신이 찍힌 허름한 바람마저 라디오 주파수를

엉클어 소리가 어긋나고 심한 잡음이 나든 날

집. 소나무들이 쓰러졌다

영물한 소나무도 술 한 잔에 잠들었다

골목 끝, 기억의 길이 다 닳기도 전에

집터도 천지분간 없이 허물어졌다

도시계획조감도에 따라 흔적이 지워진 작은 마을

오랜 세월을 환산한 넓은 도로, 자동차 바퀴들이

로타리를 돌아 솔바람을 찍고 지나간다

– 「소나무 골목길」 전문

기억은 기억을 물고 나오고 길은 길을 물고 나오는, 그 "골목 끝, 기억의 길이 다 닳기도 전에/ 집터도 천지분간 없이 허물어" 지고 "도시계획조감도에 따라 흔적이 지워"지고야 마는 사라지고야 만 마을의 운명에 대한 애달픔이 시인의 이번 '시의 우주宇宙'의 전반에 그리운 강처럼 '기억의 길'은 용해되어 흘러넘치고 있다 하겠다.

토끼 굴을 따라간 앨리스처럼 다른 시간
공간들을 쫓아서 진정한 나를 찾아서
그녀는 어느 해 봄,
혼자만 가는 돌아올 수 없는 먼 길을
공기 중으로 망울져 멀리 가버렸다

어디쯤에 뿌연 거울 속으로 지나는
바람이 꽃 엽서를 떨구었다

– 「안개꽃」 일부

이처럼 그는 "토끼 굴을 따라간 앨리스"처럼 독자에게 과거와 현재를 넘나 들 게 하여 '운촌'이란 '공간의 미학'을 다각도로 경험하게 한다. 즉 이소정 시인만의 향토적인 서정성으로 '운촌'의 시공간을 구성해 독특한 장소성을 만들어낸다. 그리고 그 속에 여전히 살아 숨 쉬는 다양한 삶의 역사와 잿빛처럼 사라진 시간들을 인문적으로 복원시킨다. 그러므로 새 시집을 관통하는 '운촌'이란 공간은, 이소정 시인에게 소중한 시적 대상물이자 추억

을 불러내는 기억의 매개체이자, 정신적인 우주의 대공간이라
하겠다.

해간마당 좌판에 양은 고무 다라이에
담긴 푸성귀, 비릿한 생선 해산물, 묵은 짠지가
여름 햇살 피하느라 물기 먹은 보자기 덮어져
해간 골목은 적막한 오후가 졸았다

해간마당 나른함을 깨우는 흥이 오른 목소리
'아지매 한 잔 하소' 하고 권하니
'아재도 한 잔' '홍이야 금이야'
흥이 높아지니 따르는 술잔 바쁘다

흥겨운 손뼉장단, 고성방가 노래 소리
골목은 이미 취기로 세상 즐거운 시간이다
시끌벅적 고깃배가 들어온 선창가나 진배없다
어촌마을답게 선술집은 한집 건너, 또 한집
낮부터 취한 주객들의 소리가 술에 취하고

해거름 저자거리도 빠르게 걸어왔다
마을사람들 찬거리 사고 셈하면
덤으로 올린 손길도 아쉬워
정으로 덤을 다시 꾹꾹 눌러 담았다
사는 사람이나 파는 마음들이 더 풍성하다

세월은 가고 오는 것 숱한 애환 속에

사람 사는 냄새로 세월의 흐름으로

해간마당도 묵은 향기가 곰삭아

스며있는 골목길과 함께 사라지고 소중한 시간

이 순간을 충만하게 느껴본다

-「해간마당」 전문

숲속을 들어서는 순간 수직과 수평으로 문이 열린다 나무와 나무 사이를 기억하는 발등이 새파랗게 빛났다 알고 싶었던 것이 다 닿을 수 없는 찰나에 매달려져 부풀어진 물방울이 떨어지는 소리를 들었다 순간 반란하듯 휘어진 나뭇가지 드높이 퍼지는 햇살사이로 울음을 퍼덕이며 새들이 허공을 깨운다

여기가 아닌 다른 곳에서도 오후의 적막은 겹쳐지는지 말의 꼬리들이 이 나무에서 저 나무로 조용한 시간들이 퇴고 되어가고 있다 어제와 다른, 오월의 꽃잎 같은 문장들은 가볍다 쓸모없는 잎들을 지우며 오후를 읽어 내린다 여러 갈래 길들이 이어지는 말속에도 비늘이 파닥 거린다 자칫 하찮은 귀엣말도 저마다 바람이 몰고 온 색깔로 물들이다 삭제된 메시지라고 뜬다 손바닥에서 잎이 돋아났다 질문과 답변들이 난무하는 깨톡 방에서 짙어지는 숲을 본다

-「삭제된 오후」 전문

우리 시대의 극서정주의 시인 이소정에게, 삶이 흐르는 시간은 "사람 사는 냄새로 세월의 흐름으로/ 해간 마당도 묵은 향기가 곰삭아 /스며있는 골목길과 함께 사라지"는 것이지만, "'아지매 한 잔 하소' 하고 권하니/ '아재도 한 잔' '홍이야 금이야'/ 홍

기억과 추억을 부르는 空間의 노래  123

이 높아지니 따르는 술잔 바"쁘고, "마을사람들 찬거리 사고 셈
하면/ 덤으로 올린 손길도 아쉬워/ 정으로 덤을 다시 꾹꾹 눌러
담았다/ 사는 사람이나 파는 마음들이 더 풍성"한 삶의 모습이
담겨져 있다. 그 "소중한 시간/ 이 순간을 충만하게 느껴"볼 때
만이 기억과 추억은 푸른빛 같은 상생의 시간은 오래 남아 있을
것이다.

「삭제된 오후」에서는 시인이 상실된 공간을 시적으로 펼쳐 보
이는 묘사력이 참으로 민요적이다. 우리는 시인 덕분에 "수직과
수평으로" 열린 문을 통해 "나무와 나무 사이를 기억하는 발등이
새파랗게 빛"나고, "햇살사이로 울음을 퍼덕이며" "허공을 깨우
는 새"들을 만나게 되며, "어제와 다른, 오월의 꽃 같은 문장들",
"쓸모없는 잎들을 지우며 오후"를 함께 읽을 수 있게 된다. 소중
한 공간이지만 시간성 앞에 사라진 자리(공간)에의 그리움은 그만
의 것은 아닐 터다. 하여 정말 보석처럼 빛나는 서정성으로 시인
은 부재 속에 존재하는 시공간을 새로운 '꿈'으로 무늬화하고 있
는 것이다.

그렇다. 이소정 시인은 우리에게 필요한 자전적인 체험을 모
두의 시적현실로 변용시켜놓고 있다. 이는 진실한 시인의 자세
라 할 수 있겠다.